현대시세계 시인선 112

우리는 안으면 왜 울 것 같습니까

박병란 시집

우리는 안으면 왜 울 것 같습니까

박병란
시집

도서출판 북인

시인의 말

이제 큰일이란 소용없어졌다.
나에게 큰일이 남아 있다면 시를 쓰는 일이다.
가장 소중한 일이 큰일이 되어야 한다.

"나를 위로한 모든 그녀들에게 이 시집을 바칩니다."

2020년 봄
박병란

차례

2부 아름다운 오류

3부 오후만 있던 일요일이었다

4부 다음 정류장은 바다입니다

1부

나는 가끔 풍경이 되었다

환승

언제부터 저 길을 걸어
어디에서 가을을 꺾었기에
물기 털은 꽃처럼
햇살 한 줌 남은 밥처럼
아직도 시를 쓰는가

앞으로 내민 오른손은 지팡이 짚고
뒷짐진 왼손에는 풋콩대가 쥐어져 있다
앞으로 수그린 허리만큼
콩꼬투리 몇 가닥 뒤를 받치고
어디를 바쁘게 가시는 중인가

앞서가는 지팡이 소리 너무 커
뒷짐진 가을 떨어져도 못 들은 척
여남은 콩을 매단 기척에 햇살이 올라탄다

구김 간 외투도 다가올 세밑도
저 길을 구르다가 붉어지다가
봄으로 갈아입겠지

가장 찬란한 것은 아직 도착하지 않았다

팥꽃여관

팥꽃나무가 오래 참았다는 듯이 할 말을 쏟아낸다
흩어지지 않고 편편히 살 속에 다 박힌다
나무의 우문을 알아들은 꽃이
꽃만 피우기 위해 세상에 오지 않았다는 듯
마주 접고 접은 수천 개의 눈동자를 반짝인다

음지의 말을 받아 적는 문고리마다
주소지가 찍힌 팥꽃여관
누군가가 서서 울었을 계단 바닥에
별들의 지문이 엉켜 있다
난간 아래 끈 풀린 신발 한 짝에
시들은 꽃잎이 곰곰이 실마리를 풀고 있다

지나칠 수 없는 미담이 오간 사이라도
이미 헤어졌다면
마주칠 순 있더라도 마주할 순 없을 것이다
팥꽃나무 그늘진 여관, 등 구부린 벌레처럼
여태 우린 오래 전에
죽은 것을 안고 잠들었는지 모른다

이별유감

살굿빛 부겐베리아 회벽을 타고 멀리 매달려 있다
꽃잎 차양이 꽃잎을 받치고 높다
나뭇가지 뒷면에 빨판을 세운 기억들이
벽을 뚫고 나오는 건 별안간이다
스러지는 기억을 고정시킨 추락 같은 거다
소멸은 구토를 수반하기 전까지 증상이 없다

오래 앓던 너를 화장火葬하고 돌아오는 길
생각하지 않으려는 생각으로 생각은 꽉 차고
버릴 것도 없는 것이 또 생겨나
뛰어내릴 밧줄을 단단히 조이고 나면
추락에도 연습이 필요했던 것일까
나뭇잎을 멀리한 꽃잎만 쾅쾅하다
그것은 그것대로 나를 버린 빛깔들이다

외로움의 맞은편에는 늘 둘이 웃고 있다

내가 견뎌야 할 것과 걷어차야 할 것들
외로움은 어디서부터 달라붙은 도깨비풀 같아
그 많던 꽃이 빈 벽에 헛발질을 하기 시작했다

돌 한 송이

돌을 꾹꾹 눌러 쓰네
가슴에서 어렴풋이 꺼내어 쓰네
한 치 앞 낭떠러지에 핀 헛꽃
모셔온 돌의 입구에선 풋내가 나네
이 돌은 언제 뜨거워지는가

돌이 되려고 나는 돌을 덮고 잠드네
평면에 펼쳐두고 내내 매만지면
잠시 혈색이 도는 돌
돌에 맞아 눈이 부은 날도 있었네
생활에 꽃 한 송이 더하는 일처럼
너 거기 가지런히 서 있어줄래

돌무덤 속에는
놓친 바람도 떨어진 꽃도 시들은 사랑도 살아가네

갈 곳을 알면 슬퍼할 일 아니어서
복사해 전송하면 지구 반대편까지 날아가는 돌
진술의 힘으로 찢어봐도 비명 없이 기다리네
페이지와 페이지에 문진文鎭같이

외로운 접속사 하나가 여기저기서 그리고, 그러나 부르며 다니*네
그 돌로 나는 무엇을 찧을 수 있다 말인가

하얀 종이 위에 파편들
관 속에 뿌려주면 한 무더기 꽃처럼 덥석 받아들고

＊케네스 콕.

겨울 이력서

고졸이라고 썼다
밖에는 눈이 내렸다
소리 없는 것들이 중력을 습득하는 중이다
가라앉지 않아도 된다면
날개 없이 나는 방법이 있을 거야

서울로 왔다
수표동, 겨울의 청계천은 모두가 열심이었고
발을 놓아주지 않을 만큼 많은 눈이 내렸다
버스에 내려 몇 걸음 못 가 울곤 했다
백 년 후를 상상하기도 했다

서울을 떠나 아이를 낳고 한 곳에 눌러앉았다
무엇을 지켜야 할 때가 되면
연습 없는 삶은 자꾸 가라앉았다, 두터워지는 중력
시간이 지나면 다 잊을 수 있다는 위로가
눈처럼 쌓인다

내가 나의 보호자가 되어 이력서를 쓴다
여자도 아내도 졸업했는데

고졸이라고 쓴다
밖에는 눈이 내린다

신은 버스를 타지 않았다

일요일에는 버스가 오지 않는다
신에게 가는 아침
신은 일요일을 까먹었다

언덕을 오른다
언덕으로 내몰린 사람들
온다온다 하면서 신은 한번도 오지 않아서
무수한 달이 세 들어 사는 산동네
저 누추한 집은 늦게까지 불이 꺼지지 않는다

달이 뜬다
서울의 달동네도 봉제수스 언덕 위 성당도
달 가까이 있어서 달동네가 아니라
달이 뜰 때 집으로 돌아오니 달동네다

봉제수스는 버스를 타야 오를 수 있는 언덕에 있다

신은 성 밖에 나온 적 없고
언덕은 성 밖을 내려온 적 없다
성 안과 성 밖을 구분한 것은

신이었을까 성이었을까

낮은 곳에 임하는 달빛
언덕에서 굽어보면 빈틈없이 어두운 말

*봉제수스 : 브라가에 있는 성당.

몸살

*

부레옥잠이 머리와 배꼽 거리에서 졸고 있다 근처라는 말도 근처에서 다투고 있다 가까이 다가가는 말로도 들린다

*

늦은 오후에 가을이 와 있다 노랑이 가을로 기울다가 기운다는 말도 말끔히 털어내었다 열매를 털고 씨앗을 털고 색을 털고 몸도 털어내면 떨어질 수 없는 너와 내가 있다 따로 떼놓을 수 없어서 어찌할 바를 몰라서 분리되지 않아서 새빨간 거짓말 같아서 돌연 추락이라도 할 것 같은 변명 안에 변명들

*

자주달개비는 며칠 몸살 끝에 꽃을 다 잃었다 진즉부터 희망이란 부적같이 잘 구겨지던 것 감물 쪽물 들인 손톱이 감빛 쪽빛이 되어 잘려나가면 허공에 펄럭이는 넝쿨식물 벽을 잡아당긴다 뿌리가 뜯겨져 나온다 힘줄이 확연하다 한번도 고민한 적 없는 세로의 필체가 벽을 깨우면 녹슨 물받이 아래 빈 벽은 추신이다

*

우리의 엺엺은 아프게 피어나고 소용없이 시들어간다 마치 세상의 언어를 꽃피우는 수술과 암술처럼 맞닿기 위해 좁혀져 오는 해안의 낙과처럼

재정비

다그치듯 눈이 내리더니 글쎄
잠시 봄밤이 다녀가듯 나뭇잎이 붉다
붉은 것이 뒹굴고 뒹구는 것이 따뜻해서
꽃인가 싶어 보면
녹는 것과 뒹구는 것 사이
지워진 입맞춤이 있다

신호등 꺼진 채 횡단보도는 분주하고
양쪽에 실패를 잡은 사람이 실을 당겨 밟고 있다
가운데로 와 실을 잡는 사람 또 하나 있다
눈꽃가루 묻은 실을 위로 당겼다 놓으면
바닥에 선이 생기고
칸마다 도료를 분사할 차례
도색장비가 떡시루를 앉히듯 떡하니 열을 가한다
흰 건반을 튕기며 바닥이 바닥이라고 선언한다
선명한 오후에 청산하고픈 당신 같은 것

봄도 건널목도 짧게 끝나고 있다
지워진 관계를 도색하고 나니
평년기온보다 높은 오늘이 재정비되었다

시공 전후의 사람들이 거리로 쏟아져나올 때
발에 밟히는 나뭇잎이 건널목을 건너는 중이다

봄이 막 지나친 길이다

나뭇잎 부엌

식탁이 햇살을 관찰하는 오후
오후는 바람이 걸러낸 나머지 것들이다
햇살을 거둬가고 나뭇잎은 조금 더 눌러앉는다

빈 그릇이 쌓이는 개수대 너머
창가 햇살이 밥보다 따뜻하게 식탁을 차린다
우리 차례가 되어 식판을 들고 앉으면
밀대를 밀던 정숙이 언니도 내 옆에 앉는다
조단은 오닐은
파김치도 열무도 잘 먹는데 뒤통수에 꾸물거리는
검은 햇살이 나는 자꾸 서럽다

우리네는 이것이 인사여
아무리 야박해도 이것은 아끼지 않제
밥을 다 먹고 믹스커피를 탈 때
실내온도 24도 달달한 정 입 끝에서 나오고
둘은 느긋하게 나이프와 포크를 부딪친다
뒤통수에서 뚝뚝 끊기는 검은 말은 멀리서 왔다

거기 앉은 이와

어쩌다 여기까지 온 나
처음인 듯 오래인 듯 그렇게
등을 맞대고 식탁을 아껴 먹는다

믹스커피 같은 인사가 저들에게도 있다면
서로를 궁금해하는 것도 다정이려니
음식이 식는 동안 남은 햇살
부엌까지 밀고 들어와 떠든다

메리어트 15번가

타운뷰가 보이는 방은 화장실 문이 없어요
파크뷰의 방은 화장실 문은 있지만 기차 소리가 들려요
어떤 방으로 하시겠어요

그날 밤새 내 몸 위로 기차가 지나갔다
자다 듣는 기차 소리는 턱 밑까지 물을 채운
커피포트가 끓는 것처럼 둔탁하였다
석탄을 싣고 사북 어디쯤 해발을 오르는 것만 같았다
푸르고 창백한 점 하나, 잠들지 못하는 밤
그 많은 기차가 지나갔는데 아무도 오지 않았다
기차에서 내리지 않는 것들이 기차를 끌고 갔다

아침이 서자 철로는 텅 비었다
공원의 해처럼 둥글게 휘어지며 앙상해져 갔다
생리혈 자리처럼 점점 번지며 뜨는 해는
빨강이 빨강을 밀쳐내는지 군데군데 얼룩이 졌다
밤을 뒤척인 침대에도
만날 수 없어 등을 맞대고 멀어지는 철길에도
서리 맞은 돌들이 몸을 말리고

기차는 피어나는 것들 사이로 지는 것,을 싣고
어젯밤 모조리 다 떠난 거지

낮게 내려앉는 작은 것이
저녁이면 밀기울처럼 젖어갔다

첫 눈이 내렸다

지붕 위에 피아노

흙을 빚어 오래 구워낸 건반이다

바람이 선부르게 앉는다

옆으로 밀린 자리에 감잎 악보

공중 손바닥이 음계를 짚으며 미끄러진다

기왓장 밑단에 저녁이 돌돌 말린다

어쩜 소리 없이 엎드린 밀기울처럼

눈이라는 우주의 농담이 되돌이표처럼 내린다

곡선을 비틀기까지 한다

감잎 악보는 넘길 수 없을 만치 젖어갔다

의자, 뒤

빨랫비누가 죽처럼 흘러내리는
말복과 중복 사이 늦은 오후
모르는 노인이 정자 옆 의자에 앉아
지나는 사람을 훔쳐본다
타다만 장작처럼 비쩍 말랐다

모르는 노인이 모르는 여인을 들춰보는 곁눈
더는 비누가 아닌
그 흐물흐물한 것이
그 자리를 지키고 있다
조는지조차 모르는 졸음들이 모여
봄이면 산벚꽃 한 그루 거기 온다

대책 없이 늘어진 자리공을 수반에 꽂은 적 있다
축 처진 꽃가지를 일으켜 세우는 건 할 짓이 아니었다
마지막 연민 같은 것이었다
더러는 알고 싶지 않은 일들이
의자, 뒤에서 불끈하다

권태

혼잣말처럼 양파에 싹 올라옵니다
몸 안에 박힌 심지 저토록 아슬해
모방을 욕망하는 사람에게는 어둠이 칼날처럼 깊다지
이미 누군가 다 해버린 말
다 써버린 일기, 다시 와도 우리가 권태의 방식으로
봄을 맞는 이유란 게 이런 걸까

걸레는 죽은 벽시계 밑에서 마르고
아무렇게나 던져진 말이
아무도 먹지 않아 굳어버린 밥이 되는 동안
집은 빈번하게 여인숙이 되어 갑니다
모란이 없는 모란다방처럼
잠이 없는 잠의 입관처럼 우리는
고장난 양파의 초침에 몸을 비틀어

늘어진 태엽처럼 수수방관 찬 어둠이 드나든 집
빈집과 봄의 겸상 사이쯤 양파가 꿈을 꾸는 시간
바깥은 바깥을 빠져나가고
내 마음에서 네 마음을 빼는 셈법 그리고 동시에 애착

빈집을 자전하는 물시계처럼
양파는 겨울 꼭짓점에서야 말문을 열고
살얼음 아래
고인 물과 탁한 물은 주저 없이 새 물이 되었다

독감

어제는 내가 너를 보살피고
오늘은 너가 나를 위로해서
서로가 서로에게 옮긴 줄도 모르고 서로를
띄엄띄엄 파고들어
빛나는 울음의 자세 그만한 표정도 없지요

제 몸이 썩는 줄 모르는 채
제 몸을 가르는 티눈 같은
감자 싹을 도려냅니다

전구 하나 나간 식탁 끼고 앉아
볶은 감자에 젓가락이 부딪칩니다
내복 위에 털 잠옷을 입고
우리는 방금 일어난 사람처럼
어제와 똑같이 잠드는 사람처럼
누가 벨을 누르면 어쩌나 하는 몰골을 하고 앉아
깨끗이 접시를 비웁니다

오래오래 앓아온 아이는 빨간 볼을 하고
김이 나는 욕실에서 노래를 부릅니다

누가 먼저 감기를 앓았는지
함께 아파해서 함께 약봉지 찾아주며
까마득한 탯줄 들추면
감자 눈 같은 열꽃 꽃꽃이 저물고
기록되지 않은 울음이 찾아오는 중입니다

내가 가끔 풍경이 될게요

씻은 야채를 도마 위에 올리면 나는 정직해진다
어떤 구실도 가지런해진다
부엌에서 나는 달그락 소리가 좋아
함께하자던 너

대파 잎을 중지와 약지 사이에 끼우고
검지와 약지가 똑딱, 시들은 잎을 딴다
손바닥 마당에 대파 한 단 심고 흠흠 할 때
내 목덜미 냄새를 맡던 너는 매웠다

손으로 까고 치대고 찢어서 입에 넣어주면
얼마간 좋아했다
우리는 가난해서 바쁘도록 가난해서
둘이 있으면 더 가난해져 갔다

좋아하는 이유도 싫어하는 이유도
나에게 풍경이 될 수 없다
사람들 입에 포자처럼 떠도는 말
꽃가루같이 내 귀를 간질였다
사랑이었다고 하면 믿어줄까

나는 생각해 새벽에 꺾은 꽃은 허영이라고

네가 떠난 부엌은 여전히 거룩해

2부

아름다운 오류

한번도 없었던 식탁

콜리플라워 한 덩이 들고 온 날 비가 내렸어요 시장에서 온 것은 아니지만 시장에서 왔을 테죠 콜리플라워를 좋아하는 사람에겐 콜리플라워일 테죠 내게는 한번도 없었던 세계 볶을까요 무칠까요 우산처럼 펼쳐들고 어찌할 바를 모르고 똥집 맛있다는 사람을 이해하지 못하겠어요 똥집 못 먹는 사람이 할 소리는 아니지요 먹어보지도 않고 하는 소리는 슬픈 걸요 근데 진짜 슬픈 건 안 먹어봐도 왠지 맛없을 것 같은 것이죠 똥집 앞에서 당황하지 마시고 컨트롤 Z를 누르세요 똥집 이전의 세계는 재생될 테니까요 콜리플라워를 데쳐요 그녀는 똥집을 튀겨요 우산은 알아서 비를 맞아요 우산은 비 그치면 이름을 까먹지요 우산은 비 그치기 전까지만 우산인 걸요 떠도는 것과 이름 없는 것과 맛없는 것이 불시착한 지구를 이끌 수도 있겠군요 허나 똥집은 이제 어쩐다죠 튀김옷을 입고 활짝 피어날까요 왜 하필이면 거기 집을 지어서 죽는 날까지 민망한 자세로

다수의 의견에 대하여

방석 끝을 맞추고 앉아 눈을 감았다
모서리와 모서리가 잇대니 동그라미가 되었다
방석 위에 앉은 우리는 우주가 뱉어낸 찌꺼기 같았다
동그라미를 긋고 있는 직사각형 방석의 선은
참을 수 있을 때까지 참다가 중심에서 밀려난 울음
터지지 않게 댐을 막고 있는 둑 같았다

마주 보이는 얼굴이 둥글었다
어느 한 구석 모난 데 없어 보이는 우리
처음에는 누구나 그렇게 이 세상에 나왔다
모서리에 앉아서 내 말만 하다
모두가 모두처럼 뾰족해져 갔다
마음을 나누지 못하고
생각만 나누다가 화만 내다가
장작처럼 타들어가기만 했다

방석 끝을 맞추고 나니 방에 우주가 생겼다
아무것도 없어서 가벼운 저 중앙
나무가 가장자리를 에워싼 텅 빈 못처럼
아무것도 없어서 모든 것이 될 수 있는 적막 같았다

잔잔한 물결이다 돌멩이 하나 던질 수 없는 백지다
저 동그라미는 무엇이든 될 수 있어서 동그랗다

둥글게 둘러앉은 방석은 다수의 의견이었다

우리는 안으면 왜 울 것 같습니까

그렇게 을지로 입구에 내립니다 도시인들이 발우를 어깨에 메고 기러기 떼같이 버스를 기다립니다 밥줄은 튼튼한지요 있죠 얻으려는 마음 없이 누군가를 기다려본 적 있나요 외로운 사람은 기를 쓰고 외로운 사람을 만납니다 손을 잡아요 아니 악수를 조금 길게 했지요 우리는 안으면 왜 눈물이 날 것 같습니까

장미여관 간판에 불이 켜집니다 들어간 곳은 지하식당입니다 다시 나가기엔 우리의 메뉴는 공통점이 없습니다 지지 않는 조화는 핀 적도 없을 테죠 어쩌면 영원은 무시무시한 교훈이 아닐까요 시든다는 것은 누구의 잘못도 아닐 텐데 말입니다

외로운 사람과 재미없는 사람 중 누가 먼저 장미여관에 갔을까요 새 한 마리 검은 가지를 물어나르는 을지로 우리는 아무 일 없이 헤어지고요 부러진 나뭇가지를 받아들고 버스를 기다립니다 불이 꺼지는 장미여관 외로움도 만실입니다 누군가는 또 검어질 차례입니다

안갖춘꽃

꽃자루 속으로 들어가버린 꽃턱
잎겨드랑이에 암자색 열매가 불알처럼 커져가
꽃을 삼킨다
숨어버렸다

티끌 같은 물음이 모여 맺은 열매
다시 더 작은 물음에 들어가
중중첩첩 그을린 세계

대답도 없이 열매를 가졌다
길쭉한 주머니는 금세 커져가고
꽃 없이 열매를 피워서 무화과라 하더니
꽃잎이 없어서 안갖춘꽃이란다

하나가 모자라도 하나가 있으면 하나가 될 수 있다는
약속을 받아내며
중심을 비껴간 것들이 가장자리를 채운다

꽃들은 나무들에 나무들은 식물들에
나는 우리들에 부분집합이듯이

K6 가끔은 J7

혼자 한 약속이라 빈손으로 세수 안 한 얼굴로
세상에서 가장 으쓱한 커튼 뒤로 숨어들어요
사운드의 트라이앵글 꼭지 지점
Harman 오디오 감상의 최적 위치
내가 즐겨 애용하는 의자는 이끼양탄자처럼 차분합니다
불이 꺼지면 눈을 감아요 레드썬.
두 팔을 의자 중앙으로 파묻으면
언제나 궁금한 것은 어둠이 들이치고야 떠오르지요
나의 팔걸이는 오른쪽이야, 왼쪽이야
어쩌다 양쪽에 앉은 사람이 더듬거릴 때
묻는 건 소란스러운 일이니 다소곳이 손깍지를 낍니다

전체 맥락은 음악이 감지하지요 오늘의 시그널은 진흙탕이에요
이런, 프롤로그를 스캔하기도 전에
송로버섯 오일을 뿌린 감자튀김을 누군가 먹고 있네요
꽃소금 맛소금 함초소금 어떤 소금을 뿌렸을까
그게 문득 궁금해서 미칠 지경이에요

쳐드시고, 쳐드시고, 한번 더 쳐드시고

대사 자막에 처음으로 켜켜이 빅사이즈 팝콘처럼 웃음이 터지네요
그러나 싸구려 팝콘 버터 냄새는 부패 직전이에요

새들이 허공에 변화구를 던지는 무한한 스크린
공처럼 떨어지진 않지만 그럴 리 없이 느린 변화구로
흐르다 흩어져도
완벽한 접경지역을 나는 K6 혹은 J7이라 불러요
그곳은 내가 어둠의 입정에 드는 경로이자
강줄기가 바라보이는 명당이라 약속드려요

달아난 말

말하려고 할 때
말하려던 것이 꼬리를 자르고 달아났지
공교로운 것은 달아난 말일까 하필일까
끝내 그 말이 떠오르지 않았지
마주 앉으면 마주 보는 사람의 입에서 나올 때가 있었지
말은 애초에 내 것이 아니었고
빌려 쓰는 것이니 빌려주기도 하는 것

말이란 입이 짓기 전 몸을 떠도는 거지
잠시 고여 있다가 내뱉는 말은
라디에이터처럼 옹이가 없지 주위를 데우기도 하지
그러면 몸을 떠돌던 독이 빠지기도 하지
온도를 만들어 내는 것에도
말을 내뱉는 것에도
뜸을 들여야 한다는 것쯤 알면서도 알지 못했다

마음 한번 납작이 반으로 접어 잘 들여다보면
뒷걸음치던 말의 꼬리 밟힐 법도 한데
족두리꽃에 앉은 사랑부전나비처럼
사방이 눈이라 잡을 수 없었네

말이란 잘 빌려 썼다가 잘 돌려주는 것

물고기 행성

내 앞을 걸어가는 사람 돌아보지 않는다
나는 몇 번이고 뒤돌아보려 했으나
왔던 길을 되돌아갈 생각은 아니어서
생각이 생각을 밀치고 앞으로 나아갔다

걷다보면 누군가의 뒤를 따라 걷는 착각에 빠진다
뒤따라 걷는 나의 표정은 앞사람과 같은 보폭이 되어
차곡차곡 길이 쌓인다
내가 가는 길에 있었을 뿐인 다만 그것들

새 책이 도착했다 갓 다져놓은 흑백 속에 내 이름이 보인다
내 이름이 나일까 묻다가 아침 세면대에서 떠오른 문장을
손질하는데 막 잡은 비린내를 씻어낼 수가 없다

어느 철학자가 청어 한 마리를 새끼줄에 꿰어 온 동네를 쓸
고 다녔다지, 사는 게 냄새를 풍기는 일 아니겠어
문장을 쓰다 말고 걸어온 뒤를 돌아보면
나 말고는 아무것도 없었다

어디에나 있고 어디에도 없는

철이가 물에 빠져 죽은 날 신은 지푸라기만도 못했다
철이 어머니가 무당을 앞세우고 신을 찾을 때
강가로 간 무당은 장대를 휘둘러 오래오래 아이를 부른다
대나무 끝에 울체된 영혼 하나 딸려나온다 그새 낡은

마음이 옮겨붙는 속도에 마음이 녹는다
영혼이 통과하는 몇 안 되는 미진微塵의 확률
검은 천변에 그걸 불태우자 흰 연기가 하늘로 올라갔다
그제야 울음을 그친다

아무도 모른다
강가에서 신을 보았다는 철이 어머니의 억새같이 날선 마음
그것이면 됐다

도시 비행

사람들은 종종 어두워진다 사람들은 종종 안 그런 척 웃는다 누군가 만나느라 이를 닦는다 기다리면서 신문지에 끼워진 전단지를 읽는다

어디서 만나기로 했는데 장소가 사라지고 없다 종종 사람들은 우왕좌왕한다 환승역에서 쏟아져 나온 신발이 뒤돌아보지 않는 도미노처럼 한꺼번에 밀려나왔다 한 방향으로 쓸려간다

30년 만에 어머니를 찾아왔다 얼싸안은 모녀는 낯설게도 우는 소리가 닮았다 꽉 잡은 손을 흔들며 들판의 갈대를 보러가자 사라진 그 길에서 생일을 캐묻는 게 옳았으면 좋겠다는 생각

어두워지다가 안 그런 척하는 사람 함께 저녁을 먹다가 종종 사라지는 사람 실종된 적이 있기라도 한 것처럼 굳은 얼굴이 전단지에 빼곡하다

동물 탈을 쓰고 전단지를 배포하는 물기 없는 웅달, 태연히 하루치 일감이 쌓이듯 사거리마다 펄럭이던 얼굴이 손

안에 구겨진 채 웃고 있다 도시는 언제나 장조의 선율에서
단조의 울증이 급히 스치는 중이다

이웃

도심에 출현한
흰뺨검둥오리 떼에게
길을 내주느라 소리죽여 기다리는 자동차
이고 가던 감자를
선로에 쏟은 할머니를 위해 멈춰선 기차

넘어진 곳에서 자리를 살피는 게
법보다 정의롭다는 생각이 드는 기사를 읽다가
나는 어느 세상에 살고 있나 물끄럼해진다
모른 체하기엔 시끄러움이 끊이질 않고
아는 척하기엔 잠깐 스치는 이웃들 새빨간 거짓들

거기 아직 물속이 찰 텐데
돌고 돌아 내 앞에 놓인 감자, 배고픈 이 없을까

내가 버린 만큼 누군가 굶고 있다
내가 가진 만큼 빼앗긴 누군가가 있다
평화를 핑계 삼아 전쟁은 멈추지 않는데
전쟁 얘기로 노벨문학상을 받은 기사가 실렸다

내가 아는 진정한 이웃은
헌책방을 하며 고아를 돕는 서교동 천작가다
그랬을 때 누군가는 엉터리다

태양공업사

하늘의 뒤편은 검은색일지도 몰라
별들이 박힌 자리마다 멍이 들었을 거야
계수나무 가장자리 달이 자라다 물이 비껴서듯
별똥별은 물수제비를 뜨다 전갈자리로 달아나고

놋그릇을 닦다가 잿물을 짓이기다가
쓸모없는 것의 쓰임새에 대하여
죽은 것을 안고 시름하는 사람이 있습니다

처음은 별개였습니다
철판은 돌덩이며 모순덩어리
재단하고 용접하고 쇠톱으로 자르면
질서는 널브러집니다
대낮에 조각을 일삼는 화염 터널
쏟아져나온 장기들이 반듯한 쓸모를 위해
한곳에 모이기로 합니다
심폐소생술을 마친 철근이 리듬을 탑니다
지금껏 나를 연마한 무수한 금성들
잘리고 찢기고 부러진 부위들이 박자에 맞추어 호명됩니다
오목과 볼록의 아귀맞춤, 안녕안녕 바퀴가 구를 때

하늘 뒤편을 호위하는 손등을 타고 지구가 돕니다

태양공업사 앞
죽은 나무에 꼬마전구가 오릅니다
살아서 가져보지 못한 날개입니다
새 가지는 죽은 가지에서 나옵니다

초대받지 않은 식탁

고통받다가 처참하게 죽은 영혼을 매일 입에 넣는다
예상되어진 일은 늦게 와서 우리는,
우리를 서서히 죽이는지 모른 채
예기치 못한 맛에 감염되어 갔다
눈을 씻고 봐도 달콤함에는 인도적인 것은 없다

구제역 파동이 있던 그날
돼지 생매장에 투입된 김 대리
하루종일 돼지를 땅에 파묻고 당직을 서야 했다
새벽에 이상한 소리에 깨어나 나가보니
낮에 산 채로 묻힌 수천 마리 돼지 중 두세 마리가
밤새 사력을 다해 땅을 파서 지면에 닿던 차였다
거의 다 살아나온 돼지에게
현장감독관의 지시로 다시 삽을 들었다
두개골을 후려쳐 땅에 묻어버린다
지푸라기라도 붙잡고 살고 싶어한
돼지 두 마리를
또다시 시체 속에 파묻어야 했던*
주변 인물들이 둘러보면 수두룩하다

불판 위에 머리를 박고 신들린 듯 뜯는다
굿판에서 정중한 얼굴은 사양할게요
유리로 된 도살장이나 다름없는 죽음
현장을 배회하는 돼지는 아메바처럼 미끄덩거리고

＊김한민의 「아무튼, 비건」에서.

문득 사라지는 것들이 사라지지 않을 것처럼

종일 비추어도 애쓰지 않는 것이 귀를 파다 발톱을 깎다 흰머리도 쏙쏙 뽑아주다가 문득, 총채로 먼지를 털면 총채마저 빛이 되어 누구나 드나들어 그만 또 다른 누구나가 되어

너를 벗어난 건 보이저1호가 유일한 물체지 아마, 달마시안 얼룩무늬처럼 지구도 창백한 몽고반점인지 물어봐줄래 최근 근황을 가장 잘 안다고 하니

햇살마켓 같은 그곳에는 다이소처럼 없는 게 없어서 탐사가 시작되면 멀미가 날 거야 하행곡선을 그리다 삶이라는 벙커에 처박히고 볼품없는 가정사는 때때로 병이 들고 우리가 한꺼번에 삼인칭이 되어 밖으로 튕겨 나갈 때

우주를 떠돌다 외계생명체를 만나면
안녕하세요 인사말은 보이저1호가 장착해갔다고 들었어
머지않아 우리는 어쩜 말을 잃게 될지도 몰라

티끌같이 저물어가는 지구도 한때는 팽창한 행성의 일부분, 나는 우연히 전해진 소식이었다 눈 하나 깜빡하지 않고 사라지는 것들이 사라지지 않을 것처럼 해를 좇지만 갠

지스강 모래알 수만큼 갠지스강이 있다고 상상하니 애쓰며 산다는 게 무슨 소용인가 싶다가 사라지는 게 얼마나 다행한 일인가 싶었다

아름다운 오류

내 등에 새 하나 사는 상상을 하지 너무 아름다워 쉽게 등을 보여주지 않을 거야 지하의 늙은 개는 카나리아가 되고 싶어했지 태어난 적 없는 새가 되어 다시 태어나고 싶어했지 날개 대신 어깻죽지 그 아래 숨겨둔 동굴의 비루를 먹고 살았지 등이란 내 손이 닿지 않는 미로의 판 그래서 나에겐 등이 너무 많아 가려운 곳을 찾아 더듬으면 언제나 내 손이 닿을 수 없는 복판이 되지 내 말이 너무 짧아, 보이지도 않아, 볼 수가 없어, 거울로도 눈으로도 어떤 성분으로도

내 등에 사는 새 한 마리는 핀 적이 없어 지지도 않아 태어난 적 없어 울지도 않아 한사코 날게 해달라고 할 때마다 등이 가려웠지 날개가 꿈틀거릴 때마다 내 손은 없어지고 말은 짧아지고 밤마다 문을 열고 걸어나오는 지옥의 운율 새에 깃든 창공은 날고 싶었던 게 아니야 난다는 건 비단 날개가 있다고 날 수 있는 게 아니잖아 늙은 개는 날개를 가져본 적 없는 세계지 아름다운 오류를 먹고 사는 어떤 세계는 등을 가져 본 적도 없을 테지 뒤를 보지 말고 앞을 봐줄래야 줄 수 없는 내 등을 너에게만 보여줄게

다정의 호칭

마주 잡을 때 내 오른손과 당신의 왼손이 하나가 된다
나란히 걸을 때 당신의 오른손은 내 왼손을 쥐고 있다
손을 잡는다는 것은 반대에 귀 기울이는 것

내 오른손과 너의 오른손을 맞잡기 위해서
우리는 불시에 체위를 뒤집거나 때론 엉켜야 할지도 몰라
영원히 마주할 수 없다는 것쯤 염두에 두는 것

바이올렛도 제비꽃처럼
보라의 입장이 되어 금시초문처럼 사랑해야 할 것
불어오는 바람이 어느 방향이냐고 묻지 않기
꽃 한 송이에 빙그레 웃음짓던 누구라도 되어
굳이 손을 잡지 않아도 건너가는 눈빛이 되어

우리는 늘 온기를 견디어왔다

다다르는 방법이 다르듯이
다르다는 것을 알기까지
다다라야 하는 한 걸음에서 우리 넋 놓지 않기
어떤 다정도 한 걸음이었다는 걸 잊지 말기

3부

오후만 있던 일요일이었다

정돈

식탁 위에는 죽은 물고기가 눈을 뜨고 있다 죽어서 나누는 유일한 눈맞춤이다 아이와 서로의 물소리를 들으며 잠이 깨고 잠이 든다 각자 세계가 다른 둘은 늦은 아침이 눈 한번 마주치는 시간이지만 안녕도 없이 마주 앉는다 아이의 방 앞에 말풍선을 띄우면 물고기가 알을 슬어놓을까 공백을 견딜까 표정 없는 아이가 행복한 라짜로* 같다 내 자궁에서 뱉어낸 나를 나는 알 수가 없다

생선을 중앙에 두고 아이는 뼈를 뼈라 말하고 나는 가시를 가시라 말한다 살을 먹기 위해선 먹을 수 없는 것을 버리는 과정이 우리가 생선에게 건네는 인사다 사람과 사람 사이에도 가시와 뼈가 있어 아픈 것은 버릴 줄 알아서 더는 찔리지 않아야 한다 그럼에도 다치지 않는 방법은 먹지 않는 것이다 그것이 한 마리를 다 취하는 최선이기도 하다 그런데도 자꾸 거꾸로 가서 엉킨다 예의를 차리려고 해도 이제 접시가 넘치도록 커버렸다

*알리체 로르와커의 영화 제목.

신광

마루 끝에 앉으면 안개는 개울을 건너야 닿을 수 있는 거리에서 못을 둘러싸고 우뚝했다 낮은 담과 지붕이 달빛처럼 고요해서 안개가 돌아나올 때까지 먼 산은 담뱃잎 같은 무료를 부채질하였다 왕버들은 자주 물가 쪽으로 몸을 기울인 채 선잠에 들고 그 아래 버들담요 덮은 선량한 못의 윤슬 당신을 닮았다 여름 풀 사막은 곁을 못 찾을 만치 촘촘하고 아침저녁으로 햇살의 무늬 은성해지는 못은 슬픔에 미치지 못하는 거리에 있었다 떠나버리고 나면 돌아오지 않아, 산으로 난 좁은 길로 당신이 가버린 날 나무의 정령 같은 것이 오지 않는 이름을 대신해 병풍을 둘렀다 기다란 못의 하류를 에워싼 습지는 보늬를 파릇하게 두른 풋도토리 고깔처럼 빙그르하다 당신이 모아둔 도토리는 손톱처럼 말갛다 건초더미에 불과한 한 오리 볏짚으로 만든 섬 안에 수북이 두고 가셨다 속살을 감싼 껍질은 안과 밖 둘이 아니어서, 한몸이 저미도록 가까워서, 슬픈 주제가 집집마다 푸르르던 신광, 제사 한번 지내지 못하고 도시로 나간 우리들의 본적지, 아버지의 한 줄뿐인 주소, 너무 짧은 기거였다

담배꽃

잎담배가 마르는 담배창고 당나귀 귀같이 긴 혀가 조용히 마른다 누렇게 타들어가는 그늘의 입자들 장마가 시작되기 전 마름을 한다 사라진 놉, 그 자리 대신한 담뱃잎은 앉은키보다 크게 자랐다 비 내린 뒤 올라오는 죽순처럼 걷잡을 수 없이 뱉어내는 혓바닥을 엮는다

담뱃잎이 거꾸로 마르는 시간
잠을 아껴 받아적는 이름 석 자에 단물이 고인다
네모 칸 빈 칸마다 연필심이 박히면
닳고 빛바랜 엽연초처럼 그녀의 몸도 비어갔다

쪼그라드는 세간살이 그녀 마음 모른 척
한 해도 빠짐없이 피어나는 삶의 난수표
한주먹 빚을 갚고 나면 그나마 빛이 들어오던 집

꽃아, 너는 왜 여기 펴서 내 걸음을 붙잡느냐 *

그때 바람만 안 불었어도
그 앞을 지나가지 않았어도 시가 되지 않았을
그녀의 말, 따로 시인이 아니어도 그만인 말

*사진작가 임재천이 만난 어느 시골 어머니의 말.

건너가다

이른 새벽 부음이었다
목이 말라 부엌 전구를 켠다
거실로 포개지는 표정 없는 빛과
건너편 집에서 새어나오는 말 없는 불빛
제사상에 오르는 식은 산적처럼 핏기가 없다

가기만 할 뿐 오지 않는 언덕이 가깝다
오래 전부터 묻고 싶었던 말은 이제
귀퉁이가 맞게 잘 접어 뒤축 자른 짚신 사이에 끼워둔다

생은 이쪽과 저쪽에 놓인 숟가락처럼
엎어놓고 보면 한순간 무덤이 되어버리는 일
젓가락 한 벌처럼 다정한 오누이를 자처하며 넙죽넙죽 술을 건네는 일
비단 물 한 모금 마시는 것과 물 한 사발 떠놓는 일이 영영 못 보는 일이어서
밖에는 얼음이 얼고
우엉 달인 물 유독 달게 느껴지던 밤
언제 한번 다녀가라던 말은 달이 뜬 쪽으로 고개가 꺾인다

돌아올 수 없는 곳에서 돌아갈 수 없는 데까지
치우치지 않는 물살 디디고
빈 발우 하나 떠내려 보내듯
꿀꺽, 마지막 안부가 문턱을 넘어간다

철로에 떨어진 돌은 아무도 주워가지 않는다

도로에 반쯤 잠긴 집이 기울기 시작했다. 바다에서 보면 파도 높이다 곧 있을 만조에 맞추어 잠깐 사라질지 모른다. 나무가 수면에 모가지를 내밀고 잠기어가고 아스팔트가 녹기 시작했다

그 집을 지키던 노인은 죽었다. 오후만 있던 일요일이었다. 노인의 아버지는 한번도 올라간 적 없는 지붕, 노인은 덜컥 올랐다 무엇을 보았을까, 휘슬에 맞춰 열을 서듯 빈틈없는 기와는 언제적 반성일까

노인은 모래사막처럼 천천히 귀퉁이가 닳아 없어질지 모른다. 눈치채지 않게 바람을 기다리는 일, 아무도 없이 살아내는 사람이 엿들어야 할 대목이라도 되는 듯 늦도록 돌아가지 않는 해가 지붕에 앉아 있다

아스팔트가 쩍쩍 갈라지며 모래를 토해냈다. 한번도 날뛰어보지 못한 정교한 내부, 나무는 물속에서 토악질을 한다. 노인의 허파가 부서진 침묵처럼 둥둥 떠다닌다

사는 동안 나침반은 다다를 수 없는 곳을 가리켰다. 동쪽

은 서쪽을 마주하고 있다는 착각을 떨쳐버릴 수 없다. 따분한 소망이 빠져나가는 노을은 서쪽의 부력, 눈을 감았다 뜨면 어느 날 신기루가 되고 말 거야, 모래는 사막을 조금씩 옮겨놓았다. 닿을 듯 닿지 않아 꼭 닿아야만 했던 영혼의 극지였다

태양은 음계를 놓치고

슬리퍼를 끌고 복도를 서성거리면
복도 끝 계단은 그늘의 잎이 되고
늦장마에 웃자란 남새밭
다녀가는 새 드문드문 빗소리만 우거지고

호박잎을 데치는 냄비 속은 풍성하고
끓는 물방울은 폭죽처럼 히히덕거리고

초복 중복 말복이 서로의 복통을 껴안으면
쌀벌레는 제가 갉아낸 눈꺼풀에 짓눌려 입구를 헤매고

떨어진 열매는 옆에 누가 사는지 까맣게 모르고
꽃들은 숨을 헉헉거리며 입을 열지 못하는데
풍장을 기다리는 새의 주검 옆에 바람이 먼저 썩는다

문을 닫아도 더웠고 문을 열어도 더웠으나
마냥 두고 보기에는 더 더웠고
녹슨 라디에이터를 기는 실거미 한 마리
피가 없어 실처럼 말라갈 때
지렁이는 나뭇잎보다 납작한 바다이 되어 갔다

복도를 뛰어다니는 잎과 잎이 계단을 뭉개고
백 년 만에 폭염이고
태양은 음계를 놓치고

밑그림

화방에 갔다가 벽에 세워둔 밑그림을 보았지요 더께가 느껴지지 않는 린넨 같은 게 나는 좋았지요 그 옆에는 희박하게 웃음 짓는 장다리꽃이 꽂혀 있네요 갯무꽃이라고도 한다니 서로 다른 이름도 서로가 될 순 있겠군요

화폭의 어깨넓이는 숲속 관목처럼 두 팔에 안기는 치수에다 한쪽으로 물끄러미 물린 저녁상의 나직한 둘레 같기도 합니다

눈을 뜨다 말았는지 감다 말았는지 알 수 없는 정적이 도는데 짐작되는 것은 없습니다 뭐 하나 내세울 건 없는 나처럼 완성까지는 몇 번을 들락거려야 할 것 같습니다 그러는 사이 화방과 식탁의 간격쯤에 숲을 밀어두고 누군가의 발소리를 듣습니다

물감을 풀어놓고 당신은 어디로 가셨는지 그림도 마르고 짜놓은 물감도 마르는데 이봐요, 타로같이 투명한 점괘를 믿으시나요 나의 밑그림은 외투처럼 두꺼워지고 미완의 저녁도 우울로 치닫습니다

하얀

한해가 끝나나 했더니 드디어 눈이, 내 옆에 비늘처럼 말라버린 당신이, 소중한 기억이 가져다주는 그와 그녀와 그것들이, 한때 잃어버린 문장 하나 자지러질 듯 흩어지면 홈파인 책상 위 날아가지 않던 지우개 가루가 천천히 썩어갔다. 왜 그랬는지 모르지만 눈이 쌓인 날은 아이들이나 집 나온 개들이 한 방향으로 걸어갔다. 가다보면 운동장이 나오고 금이 간 유리창 너머로 졸업장을 받는 내가 있고 완성하지 못한 수틀이 사물함에 숨겨져 있다. 잃어버린 장래희망은 입을 막고 웃는 버릇을 키웠다. 쌓이고 쌓인 날개가 한 방향으로 접히더라도 꺾이진 말자. 늘 있어온 것이 있을 때는 몰랐던 것이 소중한 그와 그녀와 그것들이어서 당신도 함께라서 한번 가면 다시는 오지 않는 지난,이 되었다. 잃어버린 문장을 찾는다 해도 아름답지는 않을 것이다. 드디어 눈이 땅에 떨어진다. 깔깔대는 고요가 지우개 가루처럼 더러워서 입을 막고 웃었다.

빈집이 자란다

일찍 새가 운다는 산 아래 집 하나 마련하였다
기운 지붕 아래 새가 쪼아먹다 만 그늘 조각
시시각각 가파르다
그늘의 보폭에도 온기가 모여 있을까
어둠뿐인 발코니 앞에 때죽나무 한 그루 서 있다
물가에서 옮겨온 뒤로 이역 같은 그늘 잠을 자는
흔치 않은 태생이다
오후와 남은 오후를 드나드는 허공의 전입

움을 틔우는 풀무질에 자음과 모음이 뒹굴고
입을 연 가지는 영원할 것처럼 떠들다
봄비에 날리는 꽃잎만큼이나 소리 없이 웃는다
안과 밖 깊어가는 공백이 비리다

허공에 막대기로 점을 찍어본다
부푸는 지점이 허공의 꼭짓점일 것 같아 손을 뻗으면
새들의 집은 비어가고
내 배꼽 아래 빈집도 시들어갔다
오래된 봄에도 빈집이 자라고 있었다

거대한 모서리

울타리 아래를 지나 계단을 오르면 축대에 심어진 개나리가 아래로 솟구치며 가팔라졌다 날선 무릎이 모여 수군거리는 직벽도 사실은 평면의 세계

겨우내 쓰고 던져둔 연장통에서 추위를 비축한 나무 계단에서 둥, 둥, 둥 관절마다 북소리를 내며 온기를 밀어낸다 호미자루 끝에 터진 물관, 사방이 꽃이어서 기어다니던 바퀴와 나무와 웃음소리가 사월의 숲에 불을 지른다

잿빛 씨앗 속속 발화 중인 구멍은 구멍을 막고 꺼진 울타리를 안고 이불 속으로 들어가는지 수평의 마디는 거짓말처럼 길어졌다

한번은 호되게 뜨거워져야 알 수 있는 사랑의 끝처럼 뜨거운 것이 뜨거운 것을 만나 꽃 피울 때 허물을 끌어안던 혀의 온도는 언제나 거대한 모서리였다

Hontanas camino*

나를 따라서 한번 가보겠나, 나처럼 우주복을 갖춰 입을 건 없고 편하게 따라나서면 되네. 신발끈만 잘 묶게나, 조이든지 느슨하게 하든 아침에 눈 떴을 때 몸을 살피고 알아서 하게나, 컴컴하니 뭐 보이는 것이 있겠냐마는 난 늘 이 시간에 길을 나서네. 잠깐 보이다만 달을 보니 그믐인가 보군. 그믐달도 내일이면 삭을 지나 차고 다시 이지러지겠군. 무작정 걷다보면 나도 지구와 태양 사이에 있는 달 같다는 생각이 든다네. 이제 제 무덤에 들어가려고 꾸물거리는 뒷모습이 쓸쓸해 보이지 않나, 세상을 통틀어 저보다 보기 드문 빛이 또 있을라구, 오늘은 바람이 아주 세차군. 떠내려가지 않게 조심하게. 아마도 끝까지 역방향으로 불어올 작정인가 봐, 그렇다고 맞서려고 하지 말게. 가끔은 파도를 타는 구명줄처럼 흐느끼며 걷게나, 그래야 마음이 부러지지 않지. 오르막이 나오면 아무리 힘들어도 멈추면 안 되네. 오르막은 마지막까지 찍고 나서야 꺾이지. 중간에 가다가 멈추면 더는 올라가지 못할 수도 있다네. 한 걸음도 더는 내딛기 힘들 때는 한 걸음을 더 옮기는 게 넘어서는 길일세. 왜, 내 배낭이 무거워 보이나, 짐을 덜어주고 싶다는 생각은 접게나, 짐은 덜어서 가벼워지는 게 아니라네. 오히려 짐을 떠안기는 꼴밖에 안 되는 거야, 내가 무거우면 내가 버리면 돼. 내가 무거운 걸 남에게까지 짊어지게 할 수 없다는 것이 이 길에서 바람을 조금이나마 이해하는 방편이었다네. 그렇다고 저 답답한 문제를 계속 떠안고 가느냐, 웬걸, 언젠가는 불태워야겠지. 그게 다 가지는 방법이니. 어때, 걸을 만한가, 신발끈은 좀 더 안 조여도 되겠나, 조금만 힘을 내. 나무 그늘 없는 12㎞ 밀밭을 걸어가야 하네. 아무것도 나타나지 않는다고 투덜대지 말게. 저 밀밭을 와터 근처의 더 큰 나무들**이라 생각하며 걷게. 그래야 사이와 사이를 이해할 수 있다네. 조금만 더 가면 모래로 뒤덮인 마을이 나올 거네, 그때부터 내리막이네. 이제 다 와 간다네.

＊산티아고 길.

＊＊데이비드 호크니.

맑음주의보

언덕에 호수가 있다 하여 따라오르니
작가 미상의 꽃이 빛의 순서를 읽는다
시들어가는 물화단이 저토록 향기롭다면
한창 때는 눈 둘 곳이 없었겠다

떨어져 호수에 겹겹이 시드는 게 핀 것보다 뭉클하다
물고기가 꽃을 물어 옮기다 말았는지 수로가 환하다

떨어진 동백 옆 목폐선
구멍난 뱃전에 조문을 다녀갔나
별의 비늘을 털어낸 듯 한 무리 흰달개비가 피었다
어둠이 깊은 옆구리는 물고기의 허파쯤이었고
그 길로 드나든 봄이 있었나 아가미가 붉다
달개비 우거져 뱃머리를 다 가려주었다지만
꼬리는 남겨두고 급하게 흰 옷을 갖춰 입는다
하얀 마음은 어둠에서 좀 더 빛이 났으니
조등쯤 굳이 밝히지 않아도 되겠다

물고기도 배도 언덕을 버리고
동백꽃놀이 왔다가 노를 젓던 당신들도 떠났다

아무것도 무덤을 멀리하지 못했는데
동백은 펄펄 살아, 떨어져도 겹겹이 살아
죽어가는 것들의 옆을 밝히고 있다

안녕 Iceland

블리자드를 처음 보았다 소문이 만들어낸 추측에 마음 다친 어느 여자의 폭풍설 같은 뒷모습이 처음 그곳을 지나가던 길이었다 목격된 아픔은 짐작을 낳을 뿐 블리자드가 심한 날은 눈에 얼굴이 베인다고 했다 자연의 채찍질에 마음까지 베일 수는 없겠지만

눈빛에 물을 담아 목소리에 바람을 실어 숨을 몰아쉬며 돌아눕는 새들이 있었다 한참을 헉헉거릴 동안 아무도 구원해주지 않았다 절벽에서였다 알이 깨어나는 절명한 순간을 바람은 놓치지 않고 잡아챈다 물이 잠에서 깨어나는 시간이다 새가 난다 구름이 흔들린다 검은 바위가 종아리를 드러냈다

어느 구절에선가 너의 목소리를 들은 것 같다 어느 대목에선가 너의 눈빛을 읽은 것처럼 어떤 일이든 나만 심각한 게 있게 마련이다 이 길이 세상의 끝이라고 저 너머에서 말한다 발 디디는 곳이 모두 아득하다 사정없이 춥거나 혹독하게 비가 내리거나 경탄해 마지않는 눈이 휘몰아치거나 그 모든 것은 오직 내 앞에서 일어났다

이 세상에는 자주 너와 나 둘뿐인 공간이 펼쳐졌다 매몰되었다 이때 손을 놓치면 마음은 이미 낭떠러지에 선다 우리 여기서 이별해야 할지도 모른다 둘이 있어 외로움을 피할 길 없다면 입 다물어야 할 이유가 이 길에 있다

빙벽에 묻힌 어린 영혼, 자일을 벗어난 손, 연달아 북으로 난 한 길, 죽은 돌에 뜨거운 물이 차오르고 검은 물, 검은 풀, 검은 산, 검은 전봇대, 검은 말 위로 흰 빛이 내린다, 흔들리며 덮친다, 검은 돌에 붙어 살아남은 모스처럼 흔들리며 울었을 검은 말이 들개처럼 서서 눈을 맞고 있다 야생마도 되지 못하고 경주마도 되지 못한 채

새는 절벽을 버리고 어디선가 날아오르고 여자의 겨울 스커트는 젖어 가고 빙하는 지금도 떠내려오고 미처 물을 피하지 못한 바위 날개 짧게 부서지고 모두 잠에서 깨어나는 시간이면 블리자드의 고립에 얼음 갈라지는 소리 그 소리를 따라 어디선가 흔들리는 너의 음성

아무도 궁금해하지 않아도 지구 한 귀퉁이는 돈다
경유지에 들러 먹는 짧은 식사처럼 쿵쿵대며 밀려오던

추위 아무도 모르게 레이캬비크 공항에 두고온 푸른 사과
시차 적응에 새파랗게 질렸다

Iceland 그 길고도 습한 겨울, 빙하기는 막바지고 해수면은 높아질 것이다 무수한 속임수도 조각이 났다 관념적인 너의 사랑 럭비공처럼 걷어차며 세상의 반대편이 아물 때까지 조금만 더 아팠다

화답

핀 꽃보다 피지 않은 멍울을 더 많이 담아왔다는
사진을 보며, 눈이 매워지는 까닭은
지금은 가고 없는 맺은 마음 같아서
더는 기다릴 일 없는 사람의 모국어 같아서
자꾸 뒷걸음치던 어느 봄날이 떠오르기 때문입니다

누구를 기다리는 일이 마음 뜨거워지는 일이어서
햇살 품은 쪽이 먼저 말문을 열 수밖에 없겠지만
정해진 순서가 없는 부고처럼 문득문득 잊혀지는
이름이 소풍 가자고 조르는 것도 같습니다

혹여 핀 꽃보다 외마디 자음 같은 멍울에 애정이
간다면 당신은 참 좋은 사람입니다

첫 매화 아껴가며 찻물 내릴 때
이쪽저쪽 봄의 좌판 오붓하고
뒷걸음치던 사랑 보자기에 싸두었다가
별 좋은 날 우려내주거니 받다 취하여도 좋습니다

새해 다짐 따위 다 잊고 사는 나는 참 행복한 사람입니다

같은 달을 보고 떠나지만
다른 별을 안고 온다

정어리 파는 가게 앞을 지나 계단을 내려서면 또 다른 오르막이다 구름을 둘러싸고 회랑쯤으로 보이는 긴 복도가 연결된 성당은 신이 떠난 빈집이다 금방 짜낸 과즙 같은 차양이 드리운 골목엔 제비만 처마 아래 비좁게 줄을 선다

에그타르트를 산다 회랑의 벽을 따라 길게 만들어진 툇마루에 포도주와 타다만 촛농같이 으깨진 타르트를 얹어두고 눈을 감는다 어떤 신도 믿지 않는 나의 기도는 가짜일지 모른다 큰일 이후 밖에서 오는 것들은 화려한 속임수라는 걸 알았으니 정확히 당신이 떠나버린 뒤 비로소 시작된 이야기다

눈을 감으면 신의 행방을 묻는 어린 수도사의 그림자가 비친다 무릎 꿇은 바닥은 더 내려갈 곳이 없는 구름 같고 우리가 아는 세계란 우화 같은 것이어서 두부처럼 하얗게 쪼개진다 믿음은 확장할 수 있는 게 아니어서 바닥을 쳐야만 버릴 것이다

회랑이 시작되는 입구 한 올 한 올 실을 뜨는 할머니와 눈이 마주친 햇살들 동전을 내밀어 서로의 양식을 교환한다

그 옆엔 햇빛을 피한 일꾼이 아이처럼 태평하게 낮잠을 잔다 분명 누군가가 실뭉치 같은 무릎을 내어준 게 틀림없다

낡은 제비집은 공중을 떠받치고 새로운 문을 내느라 온종일 시끄럽다 바람에 흔들리는 주렴 같은 말 어디서 무엇과 부딪쳐야 영롱해지는 걸까 칠월이었다 당신은 고장난 버스를 타고 어디든 떠나려한다

4부

다음 정류장은 바다입니다

밤수지맨드라미 책방

해안북로 책방에 밤수지맨드라미가 검은 파도 속으로 들어가려고 맨발이다 실오라기 하나 걸치지 않은 옆구리가 불그스름하다 자줏빛 안개 마냥 그렇게 깊숙하다 언뜻 읽은 당신의 놀빛 눈자위, 시의적절한 운율을 매만지듯 불 꺼진 책방을 더듬거린다 우체통 입구 같은 얇고 길쭉한 창이 짐짓 햇볕이든 달 그늘이든 편지처럼 옆으로 접어야 겨우 얼굴을 들이밀 수가 있는 외진 책방, 수국이 만장처럼 펄럭이는 해안에 있었다

바닷것들은 바람이 익숙하고 뭍것들은 바다에 와서도 꽃들이 익숙하다 제가 다 꽃인 줄 모르고 꽃만 보면 아프다고 한다 섬 하나에도 동서남북이 있어 나는 북쪽에 선다 책방이 있어 북쪽이 좋고 해가 나중에 져서 조금 덜 더웠던 방학이었다 손님 없이도 바람이 먼지를 잘 털어주던 책방에는 밤수지맨드라미가 그 많은 귀를 벽에 걸어두어서 생긴 이명들로 밤이면 등대는 우체부처럼 들락거렸다 물빛은 까닭 없이 아득해지고 태풍에도 끄떡없던 수국이 산호처럼 말없이 말라가던 여름, 그 후미진 곳에 너를 거기 두고 오는 게 아니었는데

동백 약도

삼월 눈이 동백의 목을 건드렸다
풀썩 주저앉은 몇 송이 동백
잔설에 뒷목을 드러낸 채 미동 없는데
엄동에 비켜선 봄의 빈자리 환하다
돌볼 일 없는 장독대도 함박이다

떨어진 동백 위로 눈이 내려
순식간에 동백의 목은 눈 속에 파묻힌다
좋아한다 말하려다 놓친 입안의 궁리처럼 고요하다

아침 일찍 마을을 물어오는 외지 사람
그 눈빛 꽃과 함께 왔으니 봄도 곧 가까워지겠다

살 집을 찾아 약도 펼쳐 들고
손 놓지 못해 비틀거리던 눈발
돌담 기웃거려 얻은 하귤 만큼
동그랗게 커졌다가 얼어버린 발자국
밤새 붉으려야 붉지 못한 동백의 한기 오소소 갇혀
우리의 그리움도 그 끝 어디쯤 떨고 있을 것 같았다

그 사이 날짜만 세다 작아진 그믐달이
의기소침한 변두리 끌어안고
이삼 일 동거하다 떠나면 동백만 시리도록 발이 데였다

발자국 전보

추위가 먼저인지 폭설이 먼저인지 새가 달아났다
바람이 지붕을 떠밀었다
바람은 눈보다 빨라서 눈은 바람보다 가벼워서
앉아보지도 못한 채 쫓기듯 발가락을 세운다
무수한 눈이 마을을 돌아 어두워졌다
느닷없는 폭설에 새 발바닥은 방금 착지를 배운 고드름이
되었다
눈송이 물어다 발자국 전보를 치는 새들 옆에
주소를 옮기지 못한 이름 눈밭에 걸어두고
간단한 이정표도 이쯤이면 발이 푹푹 빠져 들겠다

흰 발목 드러내고 문패 터는 동박새
입춘을 타전하느라 동동거리고

추위일까 폭설일까
마을 끝 돌아 눈눈이 터지는 안부
받는 이 부재 중이고 새의 부리엔 물이 차오르고

봄 실종

제주 중산간에 가면
〈고사리 채취 길 잃음 주의보〉
현수막이 걸려 있다
와글와글한 고사리밥
철렁한 물결

고사리 뜯다가
두견주 삭는 줄 모르고
파종 씨앗 썩는 줄 모르고
뱅그르르 말린 꽃대 따라들어갔다가 그만
도깨비에 홀린 것처럼 끌려다닌다는
봄이면 도지는 병

알음알음 손을 잡아끌면 미끄덩 빠져서
댕강댕강 고사리 목을 따다
봄을 따다 길을 잃어도 좋을 봄

봄 따러갔던 당신도 여태 돌아오지 않고 있다

식물의 방

이월 창가에 수선화를 꽂았다 꽂은 꽃대로 허물이 없다지만 처음 발음해보는 지중해 언어처럼 띄엄띄엄 꽃잎이 열린다 다정이 필요했을 허전한 등 펼치지 못한 응달을 끌고 섬에 든다 낯선 집 영문도 모른 채 허물을 벗던 수선화의 턱 밑에서 하얀 코스모스 씨앗 받던 손으로 나를 내치던 소금 같은 사람을 보았다 철로에 다발째 던져지던 봄 햇살처럼 피고 싶다 했다 두 허벅지를 꼭 끼워 맞추던 살굿빛 밤 훨훨 드나들던 봄의 바깥도 밀려드는 우리의 관계도 반대말 같았다 예고된 일과 예상치 못한 일은 둘이 아닐 거야 만져지지 않는다고 허물이 없는 것은 아니잖아

플랫폼에서 놓친 허밍처럼 훌쩍 봄만 살아도 좋았다 꽃잎만 핥아도 좋았다 햇살이 너무 좋아 죽을 수도 없었다 응달에 빛을 불어넣느라 겨울이 다 가도록 너에게 묵은 적 있다 기억나니 수선화가 피어나는 추운 이월에 수선화를 심는다 했지 언제나 너는 허물어져가는 일만 골라 했지

그럴 리 없겠지만요 나는 어두워져요

남은 성냥을 동굴 속에 던지고 아무도 몰래 섬에 가서 살아야겠다고 생각했습니다 어디서 왔냐고 나를 궁금해하는 사람과 친해지고 싶었습니다 유채 담벼락이 둘러쳐진 집에 세 들어 살며 새로 사귄 억양을 수제비처럼 뚝뚝 떼어먹습니다 쉽게 연해지지 않는 발음들과 곁을 두고 삽니다 성냥불 밝힌 나무에선 노란 아이가 뛰어나오고 때 이른 봄밤 같은데 겨울수국은 물을 품지 못했답니다 바람 심한 날 백약이오름을 오르다가 하루 아홉 번 구름 모양이 바뀐다는 아라시야마*를 떠올립니다 혼잣말을 주거니 받으며 약초를 눈에 담아오던 날 두 손 가득 뜯어온 풀들의 목록을 외우며 작은 것 가운데 작은 것 가운데 무시 못할 큰 것이 무엇입니까, 그 글귀에 마음이 울렁거렸습니다 서로의 호칭으로 사는 동안 나는 텅 비어 갔습니다 섬은 늪이 되어가고 웃지 않는 신의 사진을 걸어두고 당신도 사진 속으로 들어갔는지 웃지 않았죠 불안의 맥박이 뛰는 동굴 속 같았죠 하면 지금 없는 당신 모르는 당신입니다

*교토에 있는 산. '태풍의 산.

뿔소라 삶는 밤

눈에 띌 정도의 결을 바람에게 빌려왔다
바람의 맥을 짚으면 파도가 밀려오고
파도의 손목에는 긋다만 수평선의 경계가 매끈하다

속 빈 뿔소라를 삶는 밤
뿔소라는 빗금 친 물살이 뛰어다니는 허파다
해초가 허파를 흔드는 소리, 접고 접은 지붕의 주름
소라의 등은 빗살 아가미를 저며 붙인 듯
놀랍게도 분홍색을 가졌다
모래 깃을 여미고 디디던 파도의 수줍은 계단
디딜 수 없는 등을 눈길로나 딛고 오르며
즐빗이 넘어지지 않는 모서리로 물을 더듬는다

은하는 또 다른 은하와의 만남을 기억하며 돈다*

소라껍질 수북한 돌담 끼고 돌아나가는
고요라는 둥근 물체, 다소곳한 발목 드러내고
아침에서 저녁까지 바람의 귀향을 권유한다
마음은 금세 은하라도 되는 양
돌구멍마다 햇살이 비우고 있는 은자의 유배지

바람은 뒤집히지 않는 수차처럼 쏴쏴 매달렸다

냄비 속에는 뿔소라의 묵혀둔 말이 끓고 있다
아무도 듣지 않는 말은 아무도 모르게 해야지
가스불을 끄고 우러난 소리를 건져낸다
은하의 거죽이 신문지 위에 덩그렇게 식고 있다
미음같이 무르고 연해서 흘러내려버린 말 같다

*신문 기사 인용.

고래는 우리를 잊었고

해변도로를 걷다가 여름에 죽은 나무에 대해
무당벌레가 한곳에 모여 사랑을 나누는 것에 대해
풀숲에 들이닥친 알 수 없는 큰 뼈의 추측을 두고
몇 마디 말을 주고받은 것 같은데
아는 것이 없는 우리의 예감은 눈이 멀었다

검멀레해변에 떠밀려나온
소금기 빠지고 가벼워진 부목을 건져내며
부리에 생수병이 낀 갈매기의 처지를 불러내어
한번은 위로랍시고 둘러앉아
갈매기 울음을 취하도록 섞어 마셨다

그 어떤 것에 대해서 지극히 앓아본 적이 없는 우리는
서로를 절실히 흉내내기에 바빴고
나름의 실패담은 저녁의 썰렁한 애도쯤 밀어두고
죽은 식탁을 차려놓고 흰 뼈들을 나눠먹었다

저녁이 깊어지면 비로소 바다가 푸르다 검다
말들의 편차를 조르다 보면
본래 바다는 아무 색도 아니었고

색은 색의 이름을 가지느라 저마다 열심히 뒹군 것뿐인데

물의 맥박에 따라 흩어지는 물벌레
포만토록 검은 돌은 어둠을 깁는다
밤새 짜맞춘 동선이 허물어질 때까지

다시 못 올 것에 대하여

나무와 나무와 나무 하나와 나무 하나가
소나무와 삼나무와 그리고 모르는 나무가
어디서 길을 알려줘야 할지 몰라 푸르기만 하다
방금 일어난 새도 앉았던 자리를 못 찾아
눈을 감아버렸다

나무 하나와 나무 하나하나와
소나무와 삼나무와 모르는 나무와 다 같은 나무는
그대로 그 자리에서
비석처럼 시퍼렇게 수천 개의 눈을 뜨고
눈 뜬 새들조차 제집을 찾을 수 없이 까마득했다

사람들은 이 길을 몰라서
이 길을 모르는 사람이 되었다

다시 못 올 것에 대하여
구름은 나무 언저리에 봉화를 지피고
나무는 봉인된 숲을 해제하라는 혁명의 띠를 둘렀지만
폭설이 휘몰아칠 동안 아무에게도 들키지 않는 길

예고된 것은 누구의 입장이랄 수 없이
나무의 뒤꿈치만 남긴 채 칠흑같이 잘려나갔다

바람의 섬

우도에 비 내립니다, 구름과 물의 경계 헛디디며 채찍비에 흩어지는 까마귀 바람을 낚아챕니다

바람은 흰 갈기를 잣다가 물 위로 엎어지고 돌담은 발톱을 세우고 가죽신 신은 까마귀 울음 대신 선과 선을 잇댑니다

여기는 한번도 와본 적 없는 바람의 지상입니다
밤이면 빈 의자 일으켜 세우고 공중 집 떠밀리는 소리
꿈속까지 따라오더니 유채밭은 무엇무엇에 저리 쫓기는지요
유채가 허리 한번 뒤척이는 것은 바람이 매는 호미질이 아닐는지요

유채는 치밀한 노랑의 공법입니다 빗소리 다투는 길목에 섬돌들은 검게 검게 타들어가고요 유채의 목젖은 찢어질 듯 투명하고요 몇 번 오간 기억은 있지만 혼자는 아니었고요 그러나마나 주인 있는 개들도 딴짓을 하다 말고 비를 맞네요

바람에 비도 꽃도 난감한지 직선을 버린 지 오래
바람의 난파선 한 척 부려놓은 여기는 우도입니다

다음 정류장은 바다입니다

211번을 타고 광치기해변을 지나 성산농협 지나 장만이 동산에 내립니다 커피박물관에 갑니다 목베고니아를 보러 갑니다 오래 전 그와 졸던 창가에는 사람들이 한 뼘 가깝습니다 거기 목베고니아는 어쩌다 붉어졌나요 더는 화초가 아닌 사랑은 어디쯤 가고 있나요

오후 만찬을 위해 모인 적 있는 긴 식탁에는 소나무의 졸음이 깊게 패입니다 손을 뻗지 않아도 잡을 수 있는 소나무를 등지고 우리의 거리 0㎞는 무한대로 잊혀져간 지금 어디쯤 와 있을까요 0에서 멀어지다가 그만 가까워지다가 절벽에 매달린 지구본처럼 차갑게 기웁니다

커피박물관을 나와 버스를 탑니다 어딘가에 닿기 위해 더 가까워지기 위해 시작과 끝이 맞닿은 지구본처럼 빙글빙글 흘러갑니다 버스정류장 앞 사진관에는 헤어진 연인이 살고 있어요 거기 꼼짝없는 목베고니아처럼 한 발짝도 떨어질 수 없이 완벽한 웃음입니다

점점 가까워지는 당신입니다 내리실 분은 심장을 문질러 주세요 다음 정류장은 바다입니다

아무도 가져가지 않는 파도

해안도로에서 바다 가까이 다다를 수 있는 길은 갈매기의 이륙을 돕는 활주로 같았다
현무암에 부딪쳐 떨어지는 물 부스러기는 바람에 섞여 청태 같은 물이끼를 키웠다

두서없는 현무암 사이 더들* 같은 절벽은 새들의 조망일 터,
무언가가 정박할 수 있다면 좋았을 시멘트 항구는 깃털을 단 바람의 농담濃淡이 그만이다
나는 우뚝 서서 두 팔을 벌리고 갈매기의 수취인이 되어 본다

바다에 주소가 생기고부터 미끄럼 표지판이 세워졌다
정착하는 날부터 항구는 집이 되어가고 나는 물이 밀려 들어오는 끝 지점까지 가기를 좋아했다
조심하라는 말을 무시한 채 아무도 가져가지 않는 파도를 장바구니에 담아왔다

표지판이 바람에 나뒹군다
미끄럼을 염려하던 경고문은 미끄러지기를 주문한 것처

럼 앞으로 나아갔다
선을 넘으면 선은 지워진다 했던가
뽑혀나간 표지판을 따라 위험지대는 늘어났다

여기까지입니다, 라고 아무도 말하지 않았다

* 더들Durdie Dor : 구멍난 문이란 뜻의 아치형 바위.

수선화 전입

섬의 앞마당에는 바람이 전부였다
햇살이 바람을 이길 수 없는 곳
바람 없는 날도 바람을 볼 수 있는 곳
키 큰 나무 몇 그루라곤
죽은 전봇대가 유일하게 살아 줄을 타는 곳
전깃줄에 앉아 똥을 싸는 까마귀의 일몰과
시차를 겪는 수선화의 입장

전입한다고 다 주민이 되는 것은 아니더군요

이쪽으로 돌아눕다가 저쪽을 기별하는
물잔디같이 납작한 말
천천히 들다보면 좌표 잃은 바람처럼 딱지 앉는 말

여기서 나는 익명이었다
방편 없이 문을 나서는 외지인의 등 뒤로
소란 없는 바람의 착지
참견만큼 친절한 것이 또 있겠는가 생각한다

수선화가 피어난다

표정을 표정으로 갚지 않으며 서두르지 않으며

멀다

바위 아래
흰 떡이 놓여 있다

아무도 밟지 않은 눈
때 묻지 않은 첫 울음

흐르다 만 촛농은 얼음조각이 되었다

누군가의 사주를 받아
어둠 속에서 빚은 뜨거운 떡

문을 낸 적 없는 바위는
재단한 적 없는 제단
모두의 거처
그 위를 밟고 지나는 구름의 자세

아무도 손대지 않은 떡은
울음을 뒤집어쓴 채 멈췄다

여기서 거기가

멀다
아주 멀다

물의 하닥

물과 물을 박음질한 수평선 한 발짝 내딛는다
저 너머를 받쳐주려 안간힘을 쓰는 탱탱한 소실점
물에서 걸어나오는 저것은 바람이 밤새 뱉어낸 말
불온의 삐라처럼 사방으로 흩어지다
파지처럼 물의 분쇄기 속으로 빨려든다
물속 말을 버리고 귓불이 떨어진 자음과 모음이 되었다
물짐승 같은 하닥 위로 바람이 눕는다

비밀에도 방법이 있었을까

저벅저벅 바람이 인다, 물의 사금파리 흩어진다
일순간 뒤집히기도 한다, 파도는 혼자 몰려오지 않는다
손에 손을 주목해보라 하얗고 뾰족한 갈기는 다 빠져나갔다

입구가 출구가 되는 망연한 바다의 문
면적을 길어올리는 수평선이 손잡이다
손잡이를 돌리자 비밀이 하닥처럼 펄럭였다

이만치 소리 없는 공중전
비명뿐인 고요를 본 아침이다
그러니까 간밤에 풍랑주의보가 내렸다 한다

■ 해설

지구라는 별에서 이방인으로 살아가기 위한 방법 서설

우대식/ 시인

'유일하고 아주 먼 것이 아주 가까운 것으로 나타날 수 있는 일회적 현상'이라고 벤야민은 '아우라'에 대한 정의를 내렸다. 이 정의를 대할 때마다 그대로 시의 정의로 내세워도 별다른 허물이 없을 뿐더러 오히려 어떤 시에 대한 정의보다 적합하지 않겠나 혼자 생각해본다. 그것에 대한 적합성 여부는 차제에 두고 주목하고 싶은 것은 먼 것을 가까운 것으로 치환해내는 힘이다. 어쩌면 예술의 본령은 여기에 있지 않을까 넘겨 짚어보기도 한다. 말을 다시 바꾸어 예술가의 본령이라 하자. 좀 더 논의를 좁혀 시인의 본령이라 하자.

좋은 시인이란 먼 것을 가까운 것으로 치환해내는 싸움에 앞장서는 자이며, 늘 정신과 감각의 촉수를 그 싸움의 물가에 드리우고 고단한 꿈을 꾸는 자는 아닌가 생각해보는 것이다. 그리고 한번 간 길을 되짚어가지는 않는다. 박병란의 시집 『우리는 안으면 왜 울 것 같습니까』의 첫 장을 펼치고 「시인의 말」을 대했을 때 앞에 말한 아우라를 떠올렸다.

이제 큰일이란 소용없어졌다.
나에게 큰일이 남아 있다면 시를 쓰는 일이다.
가장 소중한 일이 큰일이 되어야 한다.

—「시인의 말」

이 시집 전체가 하나의 발광체처럼 빛을 발하고 있는 이유는 바로 이러한 자기 결단에서 비롯된다. 물론 이 시집 하나하나의 모든 작품이 뛰어난 수작이라고 말하는 것은 아니다. 그러나 적어도 자신이 지향하는 세계를 향해 일체의 것들을 집중시키고자 하는 눈물어린 싸움을 이 시집은 보여준다. 이 시집은 아주 먼 것을 불러들여 가까운 것으로 바꾸고자 하는 싸움을 거의 내면화하고 있다.

시 쓰는 일만 남은 생이란 도대체 어떤 것일까? 이는 종교적 결단과 무엇이 다른가? 이럴 때마다 개인적으로 시인과 수도사를 겹쳐 생각하게 된다. 이 고단한 꿈의 흔적을 같이 걸어보는 것이 박병란의 시를 읽는 일이다.

고졸이라고 썼다
밖에는 눈이 내렸다
소리 없는 것들이 중력을 습득하는 중이다
가라앉지 않아도 된다면

날개 없이 나는 방법이 있을 거야

서울로 왔다
수표동, 겨울의 청계천은 모두가 열심이었고
발을 놓아주지 않을 만큼 많은 눈이 내렸다
버스에 내려 몇 걸음 못 가 울곤 했다
백 년 후를 상상하기도 했다

서울을 떠나 아이를 낳고 한 곳에 눌러앉았다
무엇을 지켜야 할 때가 되면
연습 없는 삶은 자꾸 가라앉았다, 두터워지는 중력
시간이 지나면 다 잊을 수 있다는 위로가
눈처럼 쌓인다

내가 나의 보호자가 되어 이력서를 쓴다
여자도 아내도 졸업했는데
고졸이라고 쓴다
밖에는 눈이 내린다

—「겨울 이력서」 전문

자전적 이야기를 담고 있는 이 한 편의 시는 절대 자립의 외로운 싸움을 보여준다. “고졸이라고 썼다/ 밖에는 눈이 내렸다”로 시작하는 쓸쓸하고도 아름다운 진술은 황폐와 풍요의 두 이미지를 동시에 불러오고 있다. “중력을 습득하는" 눈과 "날개 없이 나는 방법"을 알고 싶은 나는 등가의 존재이다. 나는 고졸이고 날개가 없다는 고백은 외부의 세계로부터 부여받은 자신의 사회적 위상이다. "중력"으로 비유되는 외부세계와 "나"의 대결은 늘 나의 패배로 귀결될 터이다.

서울에서 삶이란 어떤 비극성을 암시하고 있다. "버스에 내려 몇 걸음 못 가 울곤" 했던 날들이 서울에서의 삶이며 그것에 대한 유일한 위로란 "백 년 후를 상상"하는 것이었다. 그 상상이란 나와 내가 아는 대개 것들의 죽음인 것이다. 서울을 떠난 삶도 "시간이 지나면 다 잊을 수 있다는 위로"를 쌓인 눈을 통해 환기한다는 점에서 별반 나아진 것은 없다. 표면상으로는 더 따뜻해 보이지만 사실은 자신을 억압하는 외부세계로서의 중력은 더 두터워진 것이다.

마지막 연은 세계에 대응하는 현재 시적 화자의 단호한 태도를 보여준다. "내가 나의 보호자가 되"었다는 진술은 두터워진 중력을 이겨내기 위한 싸움에 단독자로서 임하겠다는 태도를 보여준다. 어떤 위로나 위안도 거절한 채 "고졸이라고" 자신의 이력을 쓰는 행위를 통하여 나와 중력의 싸움이 끝난 것이 아니라 이제부터 참된 싸움이 펼쳐질 것이라는 암시를 보여준다. "밖에는 눈이 내린다"는 풍경은 위로와 위안과는 달리 고요한 응시 속에 전운을 예감케 한다.

세계를 향한 자아의 싸움이 그것이다. 그러한 단호한 태도는 다음과 같은 시를 낳는다. "나는 몇 번이고 뒤돌아보려 했으나/ 왔던 길을 되돌아갈 생각은 아니어서/ 생각이 생각을 밀치고 앞으로 나아갔다"(「물고기 행성」 부분). 걸어온 길을 뒤돌아보거나 되짚어가는 행위를 금기시함으로써 더 먼 곳으로 여행을 꿈꾸고 있는 이 시는 시인으로서의 자의식이 내포되어 있다. "생각이 생각을 밀치고 앞으로 나아"가는 생각의 전사가 시인이기 때문이다.

반면 자아와 세계와의 관계 혹은 타자와의 관계를 일상의 통찰을 통해 좀 더 궁극적인 문제로 치환하는 시편들을 볼 수 있었다.

방석 끝을 맞추고 앉아 눈을 감았다
모서리와 모서리가 잇대니 동그라미가 되었다
방석 위에 앉은 우리는 우주가 뱉어낸 찌꺼기 같았다
동그라미를 긋고 있는 직사각형 방석의 선은
참을 수 있을 때까지 참다가 중심에서 밀려난 울음
터지지 않게 댐을 막고 있는 둑 같았다

마주 보이는 얼굴이 둥글었다
어느 한 구석 모난 데 없어 보이는 우리
처음에는 누구나 그렇게 이 세상에 나왔다
모서리에 앉아서 내 말만 하다
모두가 모두처럼 뾰족해져 갔다
마음을 나누지 못하고
생각만 나누다가 화만 내다가
장작처럼 타들어가기만 했다

방석 끝을 맞추고 나니 방에 우주가 생겼다
아무것도 없어서 가벼운 저 중앙
나무가 가장자리를 에워싼 텅 빈 못처럼
아무것도 없어서 모든 것이 될 수 있는 적막 같았다
잔잔한 물결이다 돌멩이 하나 던질 수 없는 백지다
저 동그라미는 무엇이든 될 수 있어서 동그랗다

둥글게 둘러앉은 방석은 다수의 의견이었다

—「다수의 의견에 대하여」 전문

세계 혹은 타자와의 관계 설정은 어떤 방식의 삶을 살 것인가 하는 핵심의 의미망을 지니고 있다. 박병란 시인은 이 부분에 대해 집요한 사유를 이어간다. 이 세계는 자아라고 하는 수많은 "모서리"의 만남으로 이루어져 있다. 모서리들은 부딪힘과 갈등의 기원이 된다. 그 모서리를 맞대어 동그라미가 되게 만들었을 때 세계는 원만하게 된다. 마치 원불교의 일원상(一圓相)을 연상시키는 이러한 사유는 좀 더 근본적으로 현실 너머의 근원적 세계에 대한 욕망에 그 끈이 닿아 있다고 할 것이다.

"방석의 끝을 맞추고 나니 방에 우주가 생겼다"는 고백은 단순히 인간관계의 회복이라는 차원을 넘어 균형이 갖추어진 세계상에 대한 희구를 보여준다. "아무것도 없어서 모든 것이 될 수 있는 적막"이라는 진술도 같은 맥락에서 이해될 수 있는데 종교적 경구를 떠올리게 하는 역설적 발언은 마치 고요히 타오르는 하나의 불을 연상케 한다. 정적 속에 수많은 힘을 자제하는 긴장을 동반하고 있기 때문이다. 이러한 절제와 자제는 존재에 대한 연민 혹은 사랑이라는 감정이 내재해 있기 때문에 가능한 것이다.

"터지지 않게 댐을 막고 있는 둑" 같은 형태의 감정을 조절한다는 것은 대상에 대한 사랑이 아니고서는 불가능한 일이다. 다른 시에서 "손을 잡는다는 것은 반대 쪽에 귀 기울이는 것"(「다정의 호칭」)이라고 낮은 목소리로 읊조리고 있는데, 이는 개별 존재의 삶의 양식을 말하고 있는 듯 보이지만 대상에 대한 사랑을 말하고 있는 것이다. "바이올렛도 제비꽃처럼/ 보라의 입장이 되어 금시초문처럼 사랑해야 할 것"(「다정의 호칭」)이라고 규정하듯이 박병란의 시의 근원을 찾다보면 종교적 차원의 사랑을 마주하게 되는 것이다. 그랬을 때 너 그리고 우리의 관계는 세계를 구성하는 유기적 합을 이루게 된다.

"하나가 모자라도 하나가 있으면 하나가 될 수 있다"(「안갖춘꽃」)는 역설은 그러한 관계성에 대한 욕망을 여실히 보여준다. "꽃들은 나무들에 나무들은 식물들에/ 나는 우리들에 부분집합이듯이"(「안갖춘꽃」) 중심이 아닌 그 무엇도 우리의 일부라는 자각은 박병란의 치열한 시편들 저변에 사랑이라는 유전이 있다는 사실을 깨닫게 해준다. "둥글게 둘러앉은 방석은 다수의 의견이었다"는 것도 결국 미워할 수 없는 이 세계 구성체를 향한 믿음에서 비롯되는 것이다.

박병란 시의 또 다른 특성 가운데 하나는 이방인으로서의 의식이다. 경험에서 비롯되었을 것으로 추정되는 공간의 이동은 정주하지 못하는 이방인의 시각에서 세계를 바라보는 한 특성을 부여한다. 그럼에도 불구하고 정주에 대한 욕망이 드러나지 않는다는 사실은 자의식이라는 인식의 치열성에서 비롯된 바가 크다.

“거기 앉은 이와/ 어쩌다 여기까지 온 나/ 처음인 듯 오래인 듯 그렇게/ 등을 맞대고 식탁을 아껴 먹는다”(「나뭇잎 부엌」). 집으로서의 견고성은 찾을 데 없고 바람이 불면 사라질 것 같은 나뭇잎 부엌에서 그와 나는 앉아 밥을 먹는다. 밥을 먹는 일의 소중함이야말로 신분고하를 따질 일이 아니지만 밥을 먹는 장면은 그 주체가 삶의 도정 어디에 있는가 하는 것을 극명하게 보여준다. “어쩌다 여기까지 온 나”와 아마도 어쩌다 거기까지 와서 앉은 그가 등을 대고 아껴 먹는 밥은 정주하지 못한 자의 슬픔을 고스란히 담고 있다. 특히 “등”이라는 배경은 무수한 표정을 담고 있다. 고단함과 쓸쓸함 그리고 낯섦 등의 복합적 감정을 마주댄 등을 통해 보여주는 것이다. 이방인의 등을 적나라하게 보여주는 것이 아래의 시다.

> 내 등에 새 하나 사는 상상을 하지 너무 아름다워 쉽게 등을 보여주지 않을 거야 지하의 늙은 개는 카나리아가 되고 싶어했지 태어난 적 없는 새가 되어 다시 태어나고 싶어했지 날개 대신 어깻죽지 그 아래 숨겨둔 동굴의 비루를 먹고 살았지 등이란 내 손이 닿지 않는 미로의 판 그

래서 나에겐 등이 너무 많아 가려운 곳을 찾아 더듬으면
언제나 내 손이 닿을 수 없는 복판이 되지 내 말이 너무
짧아, 보이지도 않아, 볼 수가 없어, 거울로도 눈으로도
어떤 성분으로도

내 등에 사는 새 한 마리는 핀 적이 없어 지지도 않아
태어난 적 없어 울지도 않아 한사코 날게 해달라고 할 때
마다 등이 가려웠지 날개가 꿈틀거릴 때마다 내 손은 없
어지고 말은 짧아지고 밤마다 문을 열고 걸어나오는 지
옥의 운율 새에 깃든 창공은 날고 싶었던 게 아니야 난다
는 건 비단 날개가 있다고 날 수 있는 게 아니잖아 늙은
개는 날개를 가져본 적 없는 세계지 아름다운 오류를 먹
고 사는 어떤 세계는 등을 가져 본 적도 없을 테지 뒤를
보지 말고 앞을 봐줄래야 줄 수 없는 내 등을 너에게만 보
여줄게

—「아름다운 오류」 전문

"내 등에 새 하나 사는 상상"은 아름답기 그지없다. 그 등을 누구에게도 보여주지 않겠다는 욕망은 대상에 대한 소유욕이 아니라 하나의 관념을 내면화하고자 하는 욕망이다. 이는 현실 사회로부터의 분리욕구를 보여주는 반면 대상에 대해서는 일체화를 시도한다는 점에서 실존으로서의 긴장감을 유발하고 있다. 새가 되고 싶어했던 지하의 늙은 개도 시적 화자와 동일한 욕망을 지니고 있다.

그러나 둘 다 날개 대신 어깻죽지를 지녔으며 동굴의 비루를 먹고 사는 존재들이다. 그러나 정작 나의 손은 나의 등에 이를 수 없다는 고백은 실존의 한계를 여실히 보여준다. 더군다나 눈으로 볼 수도 없는 등의 표정은 영원히 도달할 수 없는 거리에 위치해 있다. 왜 그 등에 날개를 달고 싶은가? 왜 그 등은 비루의 본거지인가? 하는 것에 대한 답은 시인의 세계관을 이야기하는 것과 같은 수준의 것이 될 터다. 어쩌면 이 세계를 이방의 장소로 인식하고 있는 것은 아닌가 하는 의문을 가지게 된다.

박병란 특유의 노마드 정신은 실존의 공간마저도 과연 이곳은 나의 실존에 적합한 곳인가를 묻고 있는 것이다. 등은 신체의 일부이지만 다른 어떤 부분보다 많은 삶의 이력을 담고 있다. 그 등에 새를 한 마리를 살게 하고픈 욕망은 아름다움에 대한 욕망이라기보다는 이 세계 너머 초월에의 꿈이라고 보는 것이 정확할 것이다. 내 등에 사는 새는 태어난 적이 없는 새이며, 그 새의 날개가 꿈틀거릴 때마다 지옥의 운율이 걸어나왔다는 것은 실존적 자아의 불안한 존재 방식을 보여준다.

이러한 실존적 자아가 겪는 이방인으로서의 갈등은 신에 대한 생각에서도 여실히 드러난다. "일요일에는 버스가 오지 않는다/ 신에게 가는 아침/ 신은 일요일을 까먹었다"(「신은 버스를 타지 않았다」). 포르투갈 브라가 언덕에 사는 사람들과 성과 같은 높은 곳에 위치한 봉제수스 성당의 대비는 신은 어디에 존재하는가 하는 본질적인 질문을 던진다. 가난한 마을에 "온다온다 하면서 신은 한번도"(「신은 버스를 타지 않았다」) 온 적이 없으며 "신은 성 밖에 나온 적"(「신은 버스를 타지 않았다」)이 없다는 진술은 현실의 세계뿐만 아니라 신과의 관계에서도 일반적 인식과는 다른 거리를 가진다. 이방의 거리에서 다시 신과의 먼 거리를 절감한다는 사실은 실존적 고독을 고스란히 보여주는 것이다.

박병란의 시가 세계 혹은 인간과의 관계성에 주목하면서도 현실적이라기보다는 내면적인 발화 방식을 선택하는 이유도 여기에서 비롯되었을 터다. 그런 면에서 아래 시의 대화체 형식의 독백은 이 세계의 이방인으로서 어떻게 이 세계를 여행해야 하는지 혹은 순례해야 하는지 잘 보여준다.

> 무작정 걷다보면 나도 지구와 태양 사이에 있는 달 같다는 생각이 든다네. 이제 제 무덤에 들어가려고 꾸물거리는 뒷모습이 쓸쓸해 보이지 않나, 세상을 통틀어 저보다 보기 드문 빛이 또 있을라구, 오늘은 바람이 아주 세차군. 떠내려가지 않게 조심하게. 아마도 끝까지 역방향으로 불어올 작정인가 봐, 그렇다고 맞서려고 하지 말게. 가끔은 파도를 타는 구명줄처럼 흐느끼며 걷게나, 그래야 마음이 부러지지 않지. 오르막이 나오면 아무리 힘들어도 멈추면 안 되네. 오르막은 마지막까지 찍고 나서야 꺾이지. 중간에 가다가 멈추면 더는 올라가지 못할 수도 있다네. 한 걸음도 더는 내딛기 힘들 때는 한 걸음을 더 옮기는 게 넘어서는 길일세. 왜, 내 배낭이 무거워 보이나,

> 짐을 덜어주고 싶다는 생각은 접게나, 짐은 덜어서 가벼워지는 게 아니라네. 오히려 짐을 떠안기는 꼴밖에 안 되는 거야, 내가 무거우면 내가 버리면 돼. 내가 무거운 걸 남에게까지 짊어지게 할 수 없다는 것이 이 길에서 바람을 조금이나마 이해하는 방편이었다네. 그렇다고 저 답답한 문제를 계속 떠안고 가느냐, 웬걸, 언젠가는 불태워야겠지. 그게 다 가지는 방법이니. 어때, 걸을 만한가,
>
> —「Hontanas camino」 부분

저 유명한 산티아고 길을 순례하며 누군가에게 이야기하는 형식으로 쓴 이 시는 끝내 청자가 누구인지 나타나지 않는다. 자연스럽게 자신과 또 다른 자신과의 대화로 인식되는 것은 영성이 가득한 말의 향연 때문이다. 길이란 소재는 무릇 인간의 여정과 가장 근접된 메타포를 가지고 있을 뿐 아니라 더욱이 산티아고의 순례길이란 신과 인간을 잇는 고난의 길이라는 점에서 의미심장하다.

걷는다는 것은 어쩌면 가장 적당한 가격으로 인생을 거래하는 일이다. 어떤 속임수도 편법도 있을 수 없다. 걸으면서 자신이 마치 지구와 태양 사이에 달과 같다고 생각하는 것은 이미 일상의 사고와 동떨어진 초월적인 맥락을 보여준다. 동시에 "제 무덤에 들어가려고 꾸물거리는 뒷모습"의 쓸쓸함에서 유한자로서의 한계를 보여주기도 한다. 어쩌면 순례의 길이란 영원과 유한의 길항작용을 통하여 삶의 좌표를 설정하는 과정인지도 모른다.

순례의 길에 대한 조언은 마치 모든 것을 경험한 지혜로운 자가 약한 인간에게 건네는 위로의 형식을 취하고 있다. 바람에 맞서지 말고 흐느끼며 걸어야 마음이 부러지지 않는다는 조언은 이미 걸어본 자 혹은 마음이 부러져본 적이 있는 자의 이야기로 들린다. 애통한 자에게 복이 있다는 성경 구절을 연상시키는 "흐느끼며" 걸어야 한다는 시구에서는 충만한 영성을 느끼게 된다. 흐느끼며 걷는다는 것은 운동으로서의 리듬을 연상시키고 자연스럽게 시의 음악성과 맥락이 닿아 있다. 더러 그의 시에서 흐느끼듯 흘러가는 리듬을 느끼는 것도 이 때문일 것이다.

또한 누군가의 짐을 덜어준다는 것은 그에게 짐을 떠안기는 것이라는 역설은 단독자로서의 실존이 살아가는 방식을 보여준다. 그 무거움을 견딜 수 없을 때 스스로 버리고 결국에는 모든 것을 불태워 소멸시키는 것이 "다 가지는 방법"이라는 사실을 심각한 양상을 배제한 채 읊조리듯 이야기하고 있다. 그의 이러한 발화의 방법은 슬픔을 단편적인 슬픔으로 끌고 가는 것이 아니라 융숭한 비애의 표정으로 이끈다는 점에서 그의 시 전편의 배경으로 작용하고 있는 것이다. '지구라는 별에서 이방인으로 살아가기 위한 방법 서설'을 이 시는 보여준다.

'제주도 살이'를 그린 시편들도 이방인으로서의 부재가 전제되어 있다. "웃지 않는 신의 사진을 걸어두고 당신도 사진 속으로 들어갔는지 웃지 않았죠 불안의 맥박이 뛰는 동굴 속 같았죠 하면 지금 없는 당신 모르는 당신입니다"

(「그럴 리 없겠지만요 나는 어두워져요」)라는 시구에서도 강하게 풍기는 정서는 신의 부재, 당신의 부재이다. 개인적 삶의 도정이 시 속에 내재되어 있을 테지만 일상적 의미의 행복은 존재하지 않는다. 대상의 부재를 통하여 실존을 확인해가는 고통스러운 작업은 다른 제주도 시편을 통해서도 확인할 수 있다.

"바람의 난파선 한 척 부려놓은 여기는 우도입니다"(「바람의 섬」)라는 이 시의 마지막 구절도 시적 화자는 "난파선"의 형국을 하고 있다. "전입한다고 다 주민이 되는 것은 아니더군요"(「수선화 전입」)라는 고백 속에 이방인의 모든 것이 담겨 있다. 익명으로 살아가는 이방인이 슬픔을 일상의 슬픔으로서가 아니라 실존의 비애로 음각하고 있는 것이다. 하고 싶은 말을 안으로 새겨들어가며 낭자한 깊이로 칼질을 해대는 한 초상을 시를 통해 만나게 된다.

먼 나라의 겨울을 깊은 서정의 울림으로 음각하듯 파 내려간 한 편의 시를 소개하는 것으로 박병란 시에 대한 이야기를 마치기로 한다. 그리고 시집 전편을 읽은 독자로서 표제시 「우리는 안으면 왜 울 것 같습니까」에 대해 답한다.

'글쎄요'.

첫 눈이 내렸다

지붕 위에 피아노

흙을 빚어 오래 구워낸 건반이다

바람이 선부르게 앉는다

옆으로 밀린 자리에 감잎 악보

공중 손바닥이 음계를 짚으며 미끄러진다

기왓장 밑단에 저녁이 돌돌 말린다

어쩜 소리 없이 엎드린 밀기울처럼

눈이라는 우주의 농담이 되돌이표처럼 내린다

곡선을 비틀기까지 한다

감잎 악보는 넘길 수 없을 만치 젖어갔다

—「낮게 내려앉는 작은 것이 저녁이면 밀기울처럼 젖어갔다」 전문

현대시세계 시인선 112
우리는 안으면 왜 울 것 같습니까

지은이_ 박병란
펴낸이_ 조현석
기 획_ 백인덕, 고영, 박후기
펴낸곳_ 북인
디자인_ 푸른영토

1판 1쇄_ 2020년 02월 29일
출판등록번호_ 313 - 2004 - 000111
주소_ 121 - 842 서울 마포구 서교동 467 - 4, 301호
전화_ 02 - 323 - 7767
팩스_ 02 - 323 - 7845

ISBN 979-11-6512-112-9 03810

이 도서의 국립중앙도서관 출판예정도서목록(CIP)은 서지정보유통지원시스템 홈페이지(http://seoji.nl.go.kr)와 국가자료종합목록시스템(http://www.nl.go.kr/kolisnet)에서 이용하실 수 있습니다. (CIP제어번호 : CIP2020006672)

책값은 뒤표지에 있습니다.
저자와 협의 아래 인지를 생략합니다.

이 책은 경기도, 경기문화재단, 한국문화예술위원회의 문예진흥기금을 보조받아 발간되었습니다.